Catherine Moliné

LA VIE EST UN PANIER D'ESCHERICHIA COLI

J'écris au crayon car je n'aime pas raturer, je gomme...

J'ai gommé aussi les ratés de ma vie au fur et à mesure, mais la nuit, après toutes ces années d'oubli, ils remontent par vagues bien nettes, par marées plus ou moins fortes et, cette nuit, ils me font sortir de sous la couette.

J'ai 17 ans, je suis assise seule sur un banc devant cette petite gare et je les hais. Je les déteste si fort que mes yeux sont secs tellement j'ai du chagrin de quitter mes vieux parents, mes pierres, mes amies, ma vallée, ma ligne bleue (non pas des Vosges) mais des Pyrénées, mon air, enfin mon oxygène.

J'ai fini mes études, elles étaient bien courtes mais il paraît que j'en savais assez pour gagner ma vie. C'est vrai j'en savais plus qu'eux, elle ne savait ni lire, ni écrire, elle faisait des ménages. Elle était venue du nord de la France lors de la dernière guerre, avec son accent « tchimi ». Lui était venu se perdre là aux pieds des Pyrénées de l'autre côté car il était réfugié politique.

Moi, je voulais continuer à apprendre, à étudier, je voulais savoir plein de choses, mais non, j'en savais assez.

Maintenant je suis là, sur ce banc, seule dans cette gare.

Je les hais, je hais cette ville de province avec ses « bourges », avec ses... Je les hais, je les hais si fort mais ma micheline est là. Adieu ma ville, ma vallée, mes pierres, mes amies. Je monte à Paris, ma sœur m'y attend le temps que je trouve un boulot...

J'ai 17 ans, un diplôme de secrétariat. Mais quoi, je n'ai pas d'expérience, c'est incroyable, il faut de l'expérience. Alors car il ne faut pas s'incruster dans la famille, je trouve un emploi dans une boulangerie. Nourrie, logée, mais pas le temps de souffler et rêvasser. Je récure, je vends, je livre c'est ce que j'aime le mieux. Je connais le quartier, beau quartier le 8e, et je lis les petites annonces. Le soir, dans ma chambre de bonne, au 6e, avec eau sur le palier et vue sur les toits, je fais des lettres dites d'embauche.

Enfin six mois après, gagné, convoquée, prise. Je commence dactylo service clients, dans une boîte suédoise. Super, bravo, finis la pâtisserie.

J'installe dans un foyer de jeunes filles avec mes économies et voilà, la vie est belle, à moi Paris.

Je travaille rue du Faubourg Saint Honoré, je connais bien le quartier (il n'y a pas si longtemps, j'y livrai le pain dans les restaurants). Et, je loge dans le 20e, rue Orfila, à côté de la rue des Pyrénées, vous savez mes montagnes que je voyais par temps clair du haut du Bastion dans ma Province.

C'est chouette de travailler, d'avoir une paye, de vivre, de commencer à respirer normalement, de se sentir libre, de flâner dans Paris, de descendre du métro deux stations avant et de rentrer en musardant tout en croquant du chocolat, le nez au vent, en humant l'air comme un setter. Mais ça sent, ça sent, oui on dirait bien, ça sent le printemps. Comme une abeille qui sort de sa torpeur, je m'enivre d'air. J'ai besoin de secouer mes ailes, j'ai envie de bouger, de butiner, de marcher, de voir, de connaître, de me gaver de Paris. J'aime flâner le long des quais, feuilleter les livres chez les bouquinistes dans leurs boîtes vertes serrées les unes contre les autres. Traîner au milieu des senteurs et des couleurs du marché aux fleurs, écouter et regarder les oiseaux multicolores qui piaillent et jacassent au marché aux oiseaux. Je rêve avec la Seine, les bateaux-mouches et ses touristes. Je flirte avec la Tour Eiffel depuis le Trocadéro. Je fais connaissance avec le Zouave du Pont de l'Alma, avec le vieux Pont Neuf, avec le pont Alexandre III c'est mon préféré, avec le Petit et le Grand Palais, j'arpente les "Champs" et je triomphe à l'Étoile. J'aime cette ville, elle est libre sans entraves. Je suis seule parmi cette foule, ces gens pressés. Mais, car il y a toujours un « mais ». J'ai besoin de voir ce que j'appelle ma ligne bleue, mon repaire, mes pierres et surtout, surtout mon point de vue sur la vallée avec par temps clair, en prime les Pyrénées.

Pourquoi, lorsqu'on est heureux faut-il que l'on sourit, que l'on parle de tout et de rien avec des inconnus. Pourquoi ce militaire avec sa permission de deux jours et qui allait à Limoges, mais pourquoi donc m'a-t-il donné rendez-vous au retour ?

« J'y serai, je vous retrouverai ». Il rêve lui. T'as vu le monde... Mais, oui, tiens s'il me trouve, je lui laisse sa chance. Je n'aime pas les blonds, ni les petits, mais je veux bien faire une exception car il a de grands cils et de beaux yeux. Et puis il m'a fait rire. Affaire à suivre...

Deux jours, cela est vite passé lorsque l'on retrouve sa Cathédrale, sa grand-rue et ses ruelles, ses amies et surtout que l'on s'est ressourcé rien qu'en regardant sa vallée.

D'abord tu regardes si tout est bien là. Tu fais un tour d'horizon. Tu scrutes, tu te dis c'est quand même beau la nature. Tu vois d'abord les amandiers, là ils sont en fleurs, ils émanent une odeur de printemps, ils tremblent de joie car ils m'ont reconnu. Ils secouent juste un peu, leurs branches pour me dire bonjour, et leurs pétales blancs parfument l'air. Bonjour les amandiers. Et puis sur le mur les petits lézards viennent se chauffer aux premiers rayons de soleil. Ils sont ravis, ils sautent, ils bougent leurs pattes, ça fait du bien de se dégourdir un peu. Bonjour les lézards. Et les abeilles, elles en font du raffut, elles se réveillent, elles ont envie de butiner et bzeu, et bzeu. Bonjour les abeilles. Et puis ce vert, cette mer de jeunes pousses de blé, brillante et souple. Et les bourgeons collants et doux, et les oiseaux qui s'égosillent. Oui, bonjour les amis. Vous avez raison c'est toujours aussi beau ici.

Mais j'ai le beau militaire qui me trotte dans la tête. Va-t-il être au rendez-vous, va-t-il me reconnaître ? Je vous promets je ferai ma bêcheuse, je ferai l'étonnée, et si je le vois je ne cillerai même pas.

Non mais ce n'est pas vrai. Il est là. Je le vois, oh ! oh ! Lui aussi m'a vu. D'accord il est malin, il s'est collé au bout du quai, il faut bien que je sorte. Il s'agite, il se rapproche, il parle. Ah ! Oui, c'est vous. Prise la fille. Galant : « Laissez je vous porte votre sac, je peux vous raccompagner » ; un peu collant quand même ; si j'ai faim : mais oui, un sandwich ; fauché le beau militaire. Bon allez j'aime bien jouer, c'est parti. Il est basé à Melun, la prochaine permission il vient me voir, il m'écrira. Mais bien sûr ! La correspondance a duré un mois. À l'Armée ils ne te lâchent pas sur commande, je crois même qu'ils font exprès d'espacer les sorties.

Quand même nous nous sommes revus au Parc Montsouris. C'était romantique et gentil. Et petit à petit au fil des permissions nous nous sommes découverts et aimés. Nous avons fait des projets et décidé de nous marier à la fin de l'Armée. C'était en 1968.

Cela ne vous rappelle rien 68, plus exactement mai 68.

J'ai connu la grève des métros, des poubelles, le ramassage avec les bus militaires, les manifestations, la chienlit comme disait le Général. C'était pour nous le grand folklore. Je me rappelle que je partais à pied de Gambetta, j'arrivais à République où je retrouvais des collègues. Nous arrivions en forme au bureau et le soir chemin inverse. Nous n'étions pas fatigués, nous discutions, nous refaisions le monde comme on le refait à 20 ans. Nous trouvions même la force d'aller manifester. Puis après bien des remous tout est à nouveau rentré dans l'ordre mais plus rien n'était pareil. Tout allait vite, si vite. Dans le tourbillon je me suis mariée en 69. Peu de temps après, avec mon mari nous avons quitté la capitale pour vivre au pays. J'étais enceinte, nous pensions que pour l'enfant c'était mieux de vivre à la campagne. Nous nous sommes installés chez ma mère qui était veuve depuis quelque temps.

Ce n'était pas une bonne idée ; mais le bébé est né. Une jolie fille adorable. Et la vie a suivi son cours. Puis un an et demi après une autre fille est arrivée tout aussi adorable. Mais, car il y a souvent un « mais ». Les hommes vont à la chasse, à la pêche, au café avec les copains et vous avec vos enfants vous galérez. Et puis, ils finissent (les hommes) par ne plus travailler pour sortir de plus en plus souvent et rentrer de moins en moins tôt. Alors vous, vous pleurez beaucoup. Vous continuez à vous occuper de votre famille. Vous retrouvez du travail et vous vous cassez.

Alors les années galères, je connais. J'ai pris mes gosses sous le bras et je suis repartie à la capitale. Heureusement j'ai toujours eu des amies formidables. J'ai mis, le cœur gros, mais deux filles en pension en Normandie chez une nourrice et, j'ai mis les bouchées doubles dans le travail.

À l'époque, du travail il y en avait. Je travaillais dans une grosse boîte où j'étais dactylo. Deux soirs par semaine après le bureau je faisais des extras dans un grand magasin. Et, après, chez moi, j'avais toujours des manuscrits à taper pour une maison d'édition. Cela a duré deux années environ. J'ai rapproché mes enfants. Elles ont été en pension chez des sœurs près de chez moi. C'était plus facile et je n'avais plus à faire tous les dimanches ces navettes avec ma vieille Dyane.

Pendant ces années, j'ai eu quelquefois faim mais je n'ai jamais baissé les bras.

Ensuite, j'ai changé de travail, là aussi je me suis rapprochée. J'habitais Porte d'Ivry, je travaillais Porte de Choisy et j'avais les filles avenue de Choisy. J'ai vécu comme cela quelques années. Travaillant, prenant les fins de semaines avec les enfants. Notre grande sortie était Vincennes, métro Porte Dorée. Le parc nous connaissions bien.

Et puis dans ma vie est rentré un grand gars qui travaillait avec moi, gentil, sympa, qui aimait les enfants et les animaux. Le jour de mon anniversaire, il m'avait offert une jolie petite chatte grise un « Chartreux », qui s'appelait Gypsie. Elle était adorable une grosse boule de poils, très joueuse. Alors la chatte et le grand gars sont rentrés dans notre vie. Il aimait les rallyes, aussi avec les enfants nous avons suivi tous les déplacements. C'était très vivant, très gai. Le soir il y avait des rires et des chants. Le grand gars jouait de la guitare et nous nous étions ravies.

Et je ne sais pourquoi nous avons décidé de nous marier. Nous sommes partis en congés pour voir ma famille et, pendant nos vacances ma mère est décédée à la suite d'une grave maladie. C'est à la suite de cela que nous avons pris la décision de descendre nous installer dans le Gers. Nous avons attendu pour nous marier. Nous avons vécu tranquille, les enfants allaient à l'école, le grand gars travaillait, tout allait bien. Après deux années, nous nous sommes mariés et un beau garçon est né. Nous étions très heureux. Mon mari a passé des examens, a changé de métier. Il a été muté, nous avons suivi, enfin, une vie tout à fait normale.

Après trois ans de mutation, je commençais à m'ennuyer dans cette région plate et j'ai décidé mon mari à demander une mutation aux Antilles car il y avait une création de poste. Quelque temps plus tard accord.

Nous partons.

Affolement du déménagement, les grandes vacances étant là nous décidons de partir en août.
Et là commence l'aventure. Le déménagement et les billets « aller » payés. Pour le reste faut se débrouiller. Il fallait être en poste le 1er septembre. Nous sommes arrivés après Hugo, le cyclone mais nous en 1re classe sous une chaleur étouffante avec gosses, chien et quelques petites affaires. Le déménagement étant parti par bateau du Havre avec la voiture. Je nous revois encore descendre de l'avion, fatigués par le décalage horaire, cette chaleur écrasante qui nous tombait dessus. Nous avons récupéré le chien lui frais comme un gardon et avons essayé de prendre un taxi car personne

n'était là pour nous accueillir. Premier souci le chien, aucun taxi ne nous voulez ; ils avaient, à croire, tous peur des chiens dans cette profession. Enfin à force de paroles et de démonstration du chien qui était très affectueux, nous avons réussi à nous rendre à notre adresse de Fort de France. Là, dans les bureaux le responsable nous attendait le 26 et nous étions le 23. L'information ne passe pas toujours bien dans l'Administration. Enfin nous étions là, fallait faire avec. Bon accueil ! Il était hors de question d'aller à l'hôtel, aussi nous avons aménagé dans un bureau à moitié inoccupé ou à moitié occupé comme vous voulez ce qui ne facilite pas la vie quotidienne, mais cela faisait l'affaire.

Donc tous les matins nous rangions notre campement et nous sortions prospecter avec chien et enfants pour trouver un logement. Ce ne fut pas facile mais nous avons fini par trouver une maison au fond d'une rue avec un minuscule jardin, un carré d'herbe, nous étions ravis. Nous avons amené nos petites affaires et continué de camper dans notre nouvelle demeure car le déménagement était toujours au Havre. Il y avait des grèves. L'histoire a duré plus d'un mois. Après ce long séjour de campement nous étions enchantés de retrouver un peu de confort et nos affaires personnelles. Nous avons inscrit les enfants à l'école. Là non plus ce ne fut pas sans mal mais je vous fais grâce des détails car vous ne me croiriez pas. Et la vie a repris son cours normal. Mon mari travaillait. Là-bas comme il fait chaud, les horaires ne sont pas les mêmes qu'en métropole. Il commençait de bon matin et en début d'après-midi c'était fini. Il ne restait pas mal de temps pour profiter de la vie antillaise, c'est-à-dire la mer. Nous nous sommes initiés à la plongée, à la pêche sous-marine, à la voile, aux apéritifs chez les uns et les autres, aux randonnées. Une vie très agréable malgré l'éloignement et les soucis administratifs lorsque l'on travaille à 8 000 km du siège social.

Ce que j'aimai le plus là-bas c'était la végétation. Tout pousse : tu plantes un bout de bois et peu de temps après tu as des feuilles. C'est magique. Et comme cela après la saison des pluies je me croyais au printemps. Les arbres qui clôturaient les champs fleurissaient, un genre d'acacia rose, on se serait cru en Normandie. Puis le paysage changeait il y avait aussi les flamboyants rouges et oranges avec leurs fleurs légères et aériennes comme des papillons, les bougainvilliers multicolores qui descendaient en cascade partout où ils pouvaient s'accrocher, les grands caoutchoucs énormes, les bananiers avec leur fleur rose et leur petit régime, les hibiscus en buissons superbes : rouge, blanc, rose, les précieuses roses de porcelaine, les anthuriums aux larges calices laqués. Une végétation luxuriante nous invitait aux balades, les grands philodendrons offraient leur fraîcheur, les cocotiers nous désaltéraient, les manguiers nous coupaient la faim. La vie est plus douce sous les Tropiques. Nous avons bien connu quelques manifestations pour mettre les "métros" dehors, un peu de racisme, mais rien de bien grave. Nous nous sommes fait beaucoup d'amis, les enfants aussi. Nous aimions cette vie toujours ensoleillée et toujours dehors. J'aimais aussi flâner dans les marchés aux légumes et aux fruits. Des marchandes en madras colorés vous vendent leurs salades, leurs succulents ananas, leurs prunes de Cythère, les oranges, les bananes, les patates douces, les oignons pays, enfin de quoi faire des blaffs, des sauces chiens, des féroces, la bonne cuisine créole que nous connaissons. Vous trouvez aussi sur ces marchés des fioles pour soigner tous les maux même l'Amour, un étalage pour magicien. Tout cela vivait, jacassait, riait, chantait, un vrai plaisir.

Mais là aussi il y a eu un « mais »... Mon mari ne supportait pas bien le climat et cette façon, un peu laxiste, il faut le dire, de travailler. Aussi au bout de trois années il ne pensait plus qu'à sa mutation. Malheureusement pour nous la troupe, il fallait suivre le chef. Alors la nouvelle mutation est arrivée. Nous avons vendu toutes nos affaires car le contrat était de cinq années. Et nous avons fait le voyage retour non pas en première mais en charter à nos frais. Nous nous sommes retrouvés en Province. Il a fallu reprendre contact avec la dure réalité métropolitaine et toutes ses contraintes. À commencer par l'hiver. Ce fut un rude hiver bien froid avec de la neige qui a duré un mois, il n'en finissait pas de faire froid. L'horreur. D'autant plus qu'à cette époque nous avions acheté une vieille maison sans chauffage. Mais nous avons survécu, et là encore le printemps est revenu. Nous avons refait une maison bien douce, avec des fleurs, des arbres, de la pelouse, du confort. Nous avons restauré notre maison. C'était un nid bien douillet, les enfants grandissaient, le train-train s'installait. Il me semblait que nous avions trouvé un havre de paix. Que nous avions posé nos valises et la vie tranquille ronronnait avec ses joies et ses peines. Puis, sournoisement il y a eu quelques ratés, quelques dérapages. Peut-être est-ce ma faute j'avais repris le travail pour aider aux traites de la maison, et là tout, c'est enrayé. Je crains que les hommes soient vite perturbés. Enfin le mien l'a été. Il s'est trouvé des cours du soir. Moi je trouvais ça bien. Mais les cours du soir se sont transformés en fin de semaine et là je trouvais ça plutôt louche. Et vous ? Qu'en pensez-vous ??? Il arriva ce qui devait arriver. Je vous raconte : un samedi midi je fus invitée au restaurant, là entre le fromage et le dessert j'appris à mon plus grand étonnement que ce n'était plus possible de vivre ainsi, sans liberté... Moi je croyais que la chasse, la pêche, le rugby, les cours du soir faisaient partie de cette liberté puisque je n'y étais jamais. Non, mais « (en parlant de moi) je suis très bien » merci, c'est gentil. Je suis tellement bien qu'il en ait pris une autre. En gros je ne fais plus l'affaire. D'accord, ma tête touche le plafond, mes fesses le sol, et un peu secouée je dis : alors tu proposes quoi ?

Il me laissa le choix des armes. Je demandais donc le divorce et lui rendais sa liberté. Je restais avec les deux chiens, le chat, les enfants ça va de soi, et la maison en vente.

Une amie cherchait quelqu'un pour tenir son hôtel. Alors il ne m'a pas fallu longue réflexion. Affaire conclue. Les enfants et moi-même vivrons à l'hôtel. Les animaux chez des amis, sauf le chat qui décida de rester à la maison à la campagne. Durant cette période je perdis 10 kg tellement cette histoire m'avait secouée mais là encore je m'en suis sortie. L'hôtel me permettait d'être toujours en mouvement, vingt chambres avec petits-déjeuners, ça occupe. Le matin sept heures debout, les petits-déjeuners entre 8 et 10 heures, ensuite le ménage, les chambres, la lessive, le repassage, les clients, le téléphone, la comptabilité. Enfin pas une minute à soi, sept jours sur sept, vingt-quatre heures sur vingt-quatre. Une de mes filles était à Toulouse, l'autre au lycée l'année du bac, et mon fils rentrait en 6e. Ce fut deux années où les enfants et moi-même fûmes très unis. Nous étions bien serrés. Nous faisions face en bloc, chacun aidant l'autre. Nous avons relevé la tête, ça n'a pas été tous les jours drôle. Mais les enfants et moi-même en sortîmes plus forts, plus mûrs, plus aimant l'un l'autre. Au bout de deux ans, mon amie reprenait l'hôtel, à son tour elle divorçait.

Je retrouvais donc du travail ailleurs ainsi qu'un nouveau logement, repris mon chien et le chat, l'autre chien le vieux j'avais dû le faire piquer. Le chat nous allions le voir à la campagne. Il n'était jamais loin de notre ancienne maison. Nous lui portions à manger et lorsqu'il nous entendait parler il arrivait en courant. Il venait se frotter à nous sans rancune de nous voir repartir. Aussi le jour où il repartit avec nous il était très content et accepta volontiers le nouvel appartement avec sortie juste sur les toits. Je lui ouvrais le Velux, avec un escabeau je le grimpais au niveau du toit. Là, il allait faire son tour et revenait après sa promenade. C'était un siamois très intelligent. Il s'appelait Miki, nous l'aimions beaucoup.

Ainsi donc une autre vie recommençait. Quand je dis vie, c'était plutôt survie. Je pris donc un petit appartement, dans cette ville aux vieilles pierres que j'aimais tant, ouvrant sur les toits pour le chat, et, je ne fis pas la difficile lorsque j'embauchais à l'usine. Dans cette usine travaillaient beaucoup de femmes. Il y avait une atmosphère malsaine, pesante. Mais lorsqu'on n'a pas le choix et qu'il faut manger on surmonte ses malaises. Je faisais donc de grandes journées au rendement. Je rentrais, je m'occupais de mes enfants et je repartais le matin travailler. Mais j'avais beau faire des heures supplémentaires, au dix du mois, quand j'avais tout réglé j'étais toujours en rouge à la banque. Je trouvais un travail de nuit comme surveillante de dortoir dans une école privée. Alors pendant une année scolaire je vécus un double travail, bien planifié. Le matin j'assurais les nuits, le réveil des pensionnaires et le petit-déjeuner. Je passais réveiller mon fils, je l'embrassais et repartais à l'usine toute la journée. Le soir je repassais à la maison, j'avais une heure de battement pour profiter de mon fils, lui préparer à manger et parler un peu des cours et je filais à la pension. Je plaignais beaucoup mon fils à qui je faisais subir cette vie. Les filles étant en fac. Mais je n'avais que cette solution pour arriver à vivre. Lui en avait assez d'être seul et m'en fit part. Nous décidâmes qu'aux grandes vacances il irait s'installer chez son père. Moi j'irai travailler à Paris, car je n'avais aucun avenir dans cette usine. Ce qui fût dit, fut fait. Je gardais mon logement et je partis faire des remplacements de secrétariat durant les vacances. Je vécus un peu dans la famille, un peu chez des amis. En septembre je redescendais car la vie sans mes enfants ne me convenait pas. Je me mis en quête d'un stage et réussis à être admise à Toulouse pour neuf mois, stage informatique et secrétariat. Je m'arrangeais avec une fille pour occuper sa chambre d'étudiante en semaine et les fins de semaine je rentrais chez moi. Cela dura plusieurs mois et alors qu'il ne me restait que deux mois de stage j'en ai eu assez de cette vie imbécile à courir après je ne sais quoi. Mes filles sont grandes, mon fils est en sécurité chez son père. Alors. Alors je ne sers plus à rien, ou si peu, que personne ne s'apercevra de mon absence. Ainsi, je délirais car j'étais épuisée par cette vie faite de grandes joies mais surtout de chocs et d'émotion à répétition. J'étais fatiguée. Aussi je pris la voiture et je m'en fus dans un endroit que j'aimais bien. Je vidais dans un fond de bouteille d'eau toute une boîte de somnifères, j'écrivis sur une feuille « c'est une belle journée pour mourir ». Je me rappelle, c'était au mois de mars, une belle journée de printemps. Et, je bus. Après ce fut le trou noir. Je ne me souviens toujours pas ce qui se passa ensuite. Mais je me retrouvais entre mon ami du moment et mon amie d'enfance qui discutaient. Je partis me reposer chez mon amie une semaine où elle me « cocoona », me fit beaucoup rire car elle seule sait raconter des histoires rocambolesques. Je repris donc la vie où je l'avais laissée. Je mis fin à mon stage et cherchais une autre solution. Je n'avais plus grand goût à vivre. Je vivotais, j'étais un corps qui flottait, qui se déplaçait. J'étais là, je voyais, j'écoutais, je ne parlais presque plus et je me sentais creuse et vide. J'avais des grands coups de cafard et je ne voulais voir personne. Je me repliais tous les jours un peu plus sur moi-même et j'avais l'impression que rien ne me touchait plus le cœur. Il n'y avait que l'enveloppe charnelle qui fonctionnait. C'est pendant cette période que mon ami me conseilla de vivre chez lui. Ce que je fis, je quittais donc mon appartement. La vie s'écoula quelque temps dans ce flottement. Un jour il me proposa de nous marier. Il était lui-même divorcé avec deux enfants qui vivaient chez leur mère et qu'il n'avait qu'aux vacances, petites et grandes. Je lui dis si tu veux. J'avais pourtant prévenu mes amies : « si je parle mariage enfermez-moi dans un placard ». Mais non personne n'a osé. La nouvelle famille fit la grimace mais vint au mariage. Je vécus mal tout ceci car j'étais fragile. Après quelques années d'humiliations, des hauts et des bas dans le couple, des affrontements assez vifs avec ses enfants qui étaient pourtant jeunes, et une incompréhension entre nous, je me sauvais.

Je pris le train un midi pour Paris, sans rien dire avec ma valise et quelques effets personnels. Je me rendis chez des amis qui m'hébergèrent et me prêtèrent un studio. Après ces années à étouffer, je respirais à nouveau. Je traînais dans le quartier chinois. C'était le nouvel an. Je goûtais cette liberté nouvelle. Je marchais beaucoup, je rencontrais mes anciens amis. Je cherchais du travail. Mon erreur fut de téléphoner à ma sœur qui me fit beaucoup de reproches et vendit la mèche auprès de mon mari. Il vint chez elle une quinzaine de jours après ma fugue. Je repartis avec lui car à leur dire c'était mieux ainsi. Je continuais donc de flotter dans cette maison où j'avais l'impression d'être en « stand-by » ou dans un hall de gare à attendre le bon train. Ce fût cette année-là que ma fille aînée m'annonça qu'elle était enceinte. Je me raccrochais donc à cette idée magnifique. Ma fille accoucha d'une petite fille. J'étais la première à faire sa connaissance car j'assistais à l'accouchement. Tout se passa pour le mieux. Au fur et à mesure que ma petite fille grandissait je reprenais goût à la vie. Mon cœur se remplissait à nouveau des émotions de tendresse et d'amour. Je redevins la combattante que j'étais. Je fis face au problème de couple. J'expliquai beaucoup à quoi j'aspirais. Ce que je voulais, ce que j'attendais de la vie en couple. J'ai lutté pour exister. Je me suis épuisée à vouloir rester avec cet homme. Je suis restée 25 années pour finir un beau jour par encore me sauver et demander le divorce. 25 années à être maltraitée psychologiquement, si je n'avais pas été forte et combattante je serais mortellement dépressive. Un homme qui vous broie, qui vous tient financièrement. Un homme si gentil pour les autres. Un homme qui se croit supérieur et qui écrase sa femme. Beurk.

Alors, je m'assois sur les marches dans mon jardin. Les chats arrivent tranquilles en ondulant. Ils ronronnent, se frottent, s'étalent près de moi. La brise vient me caresser le visage, me chuchote des secrets à

L'oreille. Le soleil me réchauffe de ses rayons et joue à cache-cache avec les oiseaux dans les branches. Ouf, un peu de calme et de douceur. Il croit me stresser mais il est devenu pour moi inexistant.

2010 et voilà une année nouvelle qui commence. Que sera cette année ? Elle commence par la tête dans les nuages et l'envie de fuir, loin, très loin... Tout autour de moi me paraît inutile. J'ai besoin de faire autre chose, de voir d'autres lieux et d'autres gens. Voyons ce que deviendra ce 2010. Et bien cela commence par la neige qui s'installe. Je déteste. De plus la chaudière a trouvé rigolo de tomber en panne. Je déteste aussi le froid. Rien n'est fait pour remonter le moral. Si peut-être, quelques messages internet des amis. Pourquoi lorsque vous avez besoin de croire en quelque chose ou en quelqu'un votre imagination fertile vous « code » ces envois. Un message le « train de la vie » se transforme comme si cela s'adressait spécialement à vous et que vous alliez prendre prochainement ce train. "Tombe la neige, elle ne viendra pas ce soir" tout un programme, pourtant c'est sûrement mon imagination qui s'amuse avec mon cœur. Chimère. Utopie d'Amour. Pourquoi nous faut-il à nous les femmes quelqu'un à aimer ? Cela remonte-t-il à la préhistoire où nous avions besoin d'être protégées de la nature hostile ? Avons-nous besoin d'un Tarzan pour que notre œil pétille... Cela va faire 20 ans que je vis avec quelqu'un qui n'a jamais été « Tarzan » et je croyais m'en être accommodée. Mais je crois toujours que le « Prince Charmant » va venir m'enlever et m'amener au loin... Les légendes sont tenaces, arrêtez de raconter à vos filles ce genre d'histoires après elles y croient. Dehors, la neige brille, blanche et froide, un petit rayon de soleil essaie de nous débarrasser de cette froideur. Je repars dans ma bulle et vais continuer de rêver à des lieux plus cléments et à la chaleur de l'Amour. Encore Chimère.

« Il pleut sur mon cœur comme il pleut sur ma ville ». Pluie et grisaille, air plus doux mais morosité et langueur, je traîne. Pourquoi je ne suis pas un oiseau. Je pourrai partir, voler vers le soleil. Mais les oiseaux sont-ils heureux ? Est-ce qu'un oiseau aime, pleure. Il doit avoir des soucis d'oiseau. Trouver de la nourriture, de l'eau, éviter les chats, les chasseurs, vraiment c'est dur aussi d'être un oiseau. Pourtant Fugain nous dit : « Fais comme l'oiseau, ça vit de chasse et de pêche un oiseau et jamais rien ne l'empêche d'aller plus haut ». Pour le moment je suis au ras des pâquerettes, va falloir prendre de la hauteur ma pauvre fille et faire comme les oiseaux, prendre son envol et migrer. Toujours la fuite, mais pour aller où. Je ne sais pas construire de nid.

Après quelques jours de faux printemps avec soleil, revoilà la pluie et le ciel gris. Le moral est encore au plus bas, le torchon brûle dans la maison. Je n'ai goût à rien, ni la peinture ne me fait réagir, ni mon association ne me rend combative. Je suis triste à pleurer. Il est temps de toucher le fond, taper du pied et refaire surface. L'année s'est traînée, elle est passée avec ses hauts et ses bas. Et nous voici en 2011, j'ai envie de dire même début d'année triste et morose. Si c'est une nouveauté, elle vaut ce qu'elle vaut : j'ai fait les démarches pour demander le divorce. Pas simple de faire le pas qui coûte, le bond dans l'inconnu, le : « et après ».

Après nous composerons, je composerai, n'avoir rien c'est bien aussi je serai plus vite partie. Pas trop de baluchons. 20 ans de vie en commun qui se résume en un tas de babioles. Vingt ans qui deviennent des reproches, des cris, des insultes, des « si j'avais su », « je n'aurais jamais cru », des « j'ai fait des efforts ». La vie est un long fleuve tranquille c'est le titre d'un film. Mais le fleuve est rarement tranquille. Il y a des impétuosités, des gros cailloux au milieu, des rapides, pour un bon quart d'heure tu en as trois de mauvais. Tu dois te freiner, t'étouffer, subir, sourire, faire ce dont tu n'as pas envie. Enfin bref, une vie de couple avec ses avantages et surtout ses inconvénients, à y regarder de plus près. Bien, donc vingt ans de ma vie à la trappe, à la poubelle. On ne peut pas tirer un trait et tourner la page dit mon mari. Et bien si je le peux. Tirons donc ce trait et repartons vers une vie : si elle ne sera pas facile, au moins elle sera comme je l'aime. Et non une vie qui se traîne telle une limace après la pluie. Je veux être la grenouille qui chante après l'ondée, qui saute dans l'eau, qui se dore sur sa feuille dans la mare. Je veux enfin vivre, respirer libre, seule mais libre. Tant pis pour les difficultés, je les surmonterai. Aujourd'hui le ciel est gris, mais au loin j'entrevois un coin de ciel bleu.

Belle utopie, folle envolée vite retombée. Divorce à l'amiable qu'ils disent. Et bien sûr tu n'as rien, tu restes sans rien, mais pas de logement sans revenus, sans salaire, sans argent : « réfléchissez bien madame, et le loyer, l'électricité, l'eau, l'assurance de ci, le paiement de ça, la nourriture et les surprises, et la vieillesse, et la maladie, et, et, et, et... », alors que faire, très bien, comme un soufflé raté tout retombe. Alors il faut rester là. Faire une chambre à soi au fond du couloir. Un semblant d'intimité, un semblant de liberté, un semblant de tout. Quelle tristesse !!!

Alors refaisons le film. Il était une fois une femme de 62 ans qui voulait vivre libre mais qui n'avait pas le moindre sou. Mais il y a toujours un « mais » dans les histoires, mais qui vivait dans une maison qu'elle avait décorée, arrangée, mis son empreinte, sa fantaisie et aussi son goût des voyages. Ici un chapeau péruvien, là un chapelet en bois de rose, encore là une ceinture tissée du Pérou. Des rêves, des souvenirs, tout un amoncellement de petits riens, qui pour elle, sont des trésors. Des peintures aux murs, chaudes et colorées, toute sa passion sur ces toiles, ses toiles, et il faudrait partir, tout laisser là, comme si rien n'existait, n'avait été qu'un rêve ou un cauchemar. Recommencer à zéro, où ? Dans la rue, dans la misère humaine où tout est moche et que rien ne peut sauver le mot liberté.

Liberté, quel mot hypocrite. Liberté tu dois choisir. Libre dans ta tête, libre de ton choix, non, tu ne peux choisir entre la misère et un petit confort où tu fais de la peinture, de la poésie, tu t'occupes des enfants d'un petit village péruvien. Il faut laisser tout cela pour la liberté de partir sans rien. Partir depuis le temps que j'en rêve. Ce n'est qu'un rêve. Il est brisé. Tu restes de ton plein gré car tu ne veux pas affronter la dure réalité. C'est au-dessus de mes forces. Je suis fatiguée de me battre pour exister. De parler toujours plus fort pour me faire entendre. Dans le Monde tous les peuples font leur Révolution, moi j'ai raté la mienne. Du bazar pour rien, du rien pour encore plus te montrer que tu n'as rien. J'espère que les pays révoltés seront plus courageux que moi qui n'aie pas voulu prendre ma liberté ; à moins que ce ne soit ma fuite vers ailleurs. Ailleurs c'est quoi, c'est où, est ce mieux, est ce pire. Réfléchissez madame, la vie est dure. « Oui, elle est dans sa bulle. T'as qu'à faire si, t'as qu'à faire ça ». Je voulais simplement respirer librement, tranquillement. « Mais non, vous êtes mariée madame, votre mari vous attend. Alors tu restes ». Ben, je n'ai pas grand choix. Alors faut changer encore l'histoire. Elle avait toujours 62 ans. Elle venait de rater son divorce. Elle décida que sa vie serait une hypocrisie. C'est aussi un joli mot, moins beau que liberté, enfin bref une hypocrite liberté pour vivre ses rêves. Qu'importe le flacon, pourvu que l'on ait l'ivresse, comme dit l'autre.

2013 arrive, cette année, c'est décidé sera l'année folle, folle comme moi au dire de mon mari charmant. Alors il faut se jeter dans la bataille. Je repars avec mes objectifs « Pérou », il faut y arriver, trouver de l'argent, mettre en place cette « casa de la curiosidad ». Mon ami Ruben va m'aider, sa famille aussi, il faut y croire. Je me recentre, je reprends les rênes de ma vie. Février, le soleil, les allées Montmorency, une nostalgie de jeunesse, de flirt, passe le « prince charmant » illusion, bouffée d'amour, folie toujours. Continue de t'investir dans les expositions pour le Pérou, travaille, peins, réfléchis, reste concentrée, pense Pérou « casa de la curiosidad ». Bientôt la date du départ. C'est bien reste sur Terre, mais dans mon jardin secret le Prince restera charmant. Dommage, je resterai avec mon vide d'Amour. Secoue-toi. Regarde la campagne est verte, belle, fleurie, dans trois semaines tu seras partie de l'autre côté du Globe. Tu seras une autre avec un challenge à gagner.

2014 je l'ai gagné le challenge, faite ma « casa de la curiosidad », mise en route avec bibliothèque et ludothèque, elle tourne, elle a été inaugurée. Nous sommes restées six mois sur le terrain. Annie, Emma, Anne, Claire et moi. Ruben notre ami péruvien est aussi venu faire une semaine de robotique. Succès. Les enfants ravis. J'ai beaucoup travaillé, je me suis investie mais j'y suis arrivée.

2015. Je suis calme, rien ne m'affecte, j'ai l'impression de ne plus aimer les gens, d'être vide d'Amour. Tout glisse, les paroles, tout autour de moi des paroles mais jamais un geste d'Amour, jamais un acte gratuit. Il faut être transparent. Je suis devenue transparente, sans éclat, sans vie, sans chaleur. Je n'ai plus de force pourtant je repars en avril au Pérou. Je vais me ressourcer, me régénérer. C'est peut-être la dernière fois, nous verrons bien.

Non ce n'était pas la dernière fois. Je me suis investie dans les actions, dans les voyages, les expositions pour faire connaître ce pays avec ses gens accueillants. Mais toujours les démons de prendre la fuite, de partir de cette cage qui me coupe les ailes.

Partir, partir, ne plus vivoter, ne plus être lisse. S'exprimer, parler, rire, dire des bêtises, recevoir des amis sans crainte de la mauvaise humeur de l'autre. Respirer à son rythme. Vivre libre.

Nous revoici sur le chemin de l'évasion. Oui il faut s'évader. Faire des plans, tranquillement. Je veux ouvrir la cage pour battre des ailes.

Nouveau challenge : l'évasion.

Samedi 25 novembre 2017, c'est mon anniversaire, j'ai 69 ans et je suis libre.

Dehors le ciel est gris et il tombe une petite pluie fine mais peu importe je respire librement, sans peur ni oppression : j'ai enfin quitté ce qui était « mon mari ». Après 25 ans de vie commune, de brimades, de réflexions désagréables, de colères, de mauvaises paroles sur les uns et les autres, sur mes enfants, sur ma petite fille. Évidemment nous ne sommes pas parfaits comme ce monsieur, mais je ne m'abaisserais pas à des critiques faciles, pourtant j'aurai de quoi dire. Cependant lui ne se prive pas mais aussi retombe sur moi le soutien, l'amitié, la compassion des personnes qui me connaissent ou qui me côtoient. Je suis agréablement surprise. Pourquoi me direz-vous : n'êtes-vous pas partie avant ?

En premier lieu parce que je m'étais mise dans cette situation en épousant ce monsieur. Et j'aurai dû y regarder d'un peu plus près mais ma nature saine et franche ne pouvait imaginer que certaines personnes sont tordues, menteuses, perverses, narcissiques et prennent plaisir à humilier les autres. Maintenant j'ai appris, je sais.

Combien de fois mes enfants m'ont dit : viens chez nous, va-t'en de là, il va te détruire. Fais attention. Oui j'ai fait attention, j'ai été vigilante, j'ai louvoyé avec sa perversité, je suis devenue transparente mais mon esprit en éveil. Aujourd'hui je suis fière de moi, j'ai réussi à m'évader de cette maison, de cet environnement malsain et hostile, de cette cage dorée. Oui, aujourd'hui, je respire librement même si c'est dur financièrement. Mais plaie d'argent n'est pas mortelle, le reste oui. Vous vous étiolez, vous perdez votre joie de vivre, vous ne vous exprimez plus, le silence vous protège des insultes, des abaissements. Non je ne suis pas folle, comme il le dit à tous.

Je suis redevenue moi-même : libre et pleine de vie.

Merci à tous de m'avoir soutenu, j'en suis touchée et émue. Je ne savais pas que j'avais autant d'amis.

Pourquoi toujours la fuite, la recherche de l'évasion, de la liberté. Vous n'allez pas me croire : c'est dans mes gênes. Et oui !

Le Nord réfugié a rencontré le Sud émigré. Vous allez comprendre.

Ma mère aurait cent douze ans, elle vivait dans le département français « le Nord », elle a connu les bombardements et la guerre qu'elle a fuis.

Mon père aurait 120 ans, il a quitté son pays, ses terres catalanes, ses oliviers, ses amandiers pour fuir. Réfugié politique. Il est mort avant Franco et n'est jamais revenu dans son pays.

Et puis leurs routes se sont croisées dans le Gers. Vous vous demandez pourquoi je vous raconte tout ceci. Parce qu'il est important de savoir d'où viennent les graines qui vous ont fait germer, pousser, enraciner.

Mes racines sont le Gers avec petites ramifications au nord de la France, grandes en Espagne. Mais le terreau est le même : la fuite, partir, liberté, justice. Ne jamais se faire piétiner. Ne jamais laisser piétiner les faibles.

Après cela vous pensez que je peux rester dans une cage ? Même dorée ! Eh bien non !

Alors vous me croyez maintenant c'est bien dans mes gênes.

Jeunes filles, douces, sensibles, romantiques, je vais vous révéler un secret qui va vous décevoir et vous contrarier : le Prince Charmant, c'est comme le Père Noël, ça n'existe pas.

Vous êtes étonnées et déçues, je le savais. Mais il fallait bien que quelqu'un vous le dise ! Maintenant vous savez. Et oui, le Prince Charmant, c'est un leurre pour appâter les jeunes filles, pour les avilir sans scrupule, les exploiter avec la bénédiction de tous. Regardez bien avant de vous jeter au cou du premier « Prince Charmant ». Au début de la rencontre, il est Charmant le Prince. C'est après que cela se gâte. Vous ne me croyez pas ! Allez soyez réalistes, depuis quand ne vous a-t-il pas parlé gentiment, offert des fleurs spontanément, amener au restaurant sans motif apparent, porter le déjeuner au lit, fait un câlin tendre et amoureux, laissé passer et tenu la porte ? Depuis quand ???? Allez, réfléchissez... Cela devient de plus en plus rare. Alors secouez-vous, ne repassez plus les chemises, ne faites plus de bons petits plats, plus de câlins à la hussarde, n'arrivez plus à l'heure en sortant du travail, riez avec les copines.

Mais non vous n'êtes pas « sa » chose, « son » esclave, non ce n'est pas normal que vous rentriez du travail et que vous fassiez les courses, le ménage, le lavage, la cuisine et le reste... Non, ce n'est pas réservé aux filles, Oui, il peut le faire aussi. Vous n'êtes pas une servante bon marché.

Ne vous endormez pas auprès de votre Prince Charmant, réveillez-le, réveillez-vous. Jouez serrées, Jeunes filles et peut-être, je dis bien peut-être votre Prince apprendra-t-il à devenir Charmant. Bonne chance les filles.

La vie est un panier d'Escherichia Coli est avant tout un récit pour redonner espoir à certaines personnes dans les situations difficiles de la vie.

C'est aussi l'histoire d'une femme qui croyait aux contes de fées et à l'Amour.

Mais qui aimait par-dessus tout la liberté et la vie.

Catherine Moliné

née en 1948 dans le Gers.

Catherine est une artiste engagée dans le monde associatif pour le développement culturel et artistique. Elle a écrit et illustré quelques histoires pour enfants, et un livre pour son association « Pachamamac Churinkuna au Pérou » avec des anecdotes et ses photographies du Pérou.

Catherine est une nomade, elle aime partir le nez au vent et le sac à dos pour tout bagage, à la rencontre des gens.

Vous pouvez retrouver Catherine sur
www.perou-equitable.org

et sur
http://peinturenfolie.blogspot.fr

Éditeur :
Books on Demand GmbH,
12/14 rond-point des Champs Élysées,
75008 Paris, France

Impression :
Books on Demand GmbH,
Norderstedt, Allemagne

ISBN : 9782322118304

Mise en page : Pierre Léoutre

Dépôt légal : mars 2018

www.bod.fr